EL RASTRO POR LA MAÑANA

Ramón de la Cruz

Caerá el telón al fin de jornada, y al levantarse
aparecerá la calle de cajones de fruteras cerrados, y en
uno abierto, de tocino, estará, de maja cobradora,
sentada en un banquillo o silla chica, la señora
LADVENANA, y JUAN MANUEL, de mozo, con
mandil; habrá tocino y salchichas imitadas, etcétera. La
señora POLONIA estará con tren de callos; la señora
JUANA, de verdulera, con abundancia; la NICOLASA
se paseará con un canastillo de buñuelos sobre un
paño blanco; la señora MAYORA estará sentada de
panadera con serón a un lado, y tendrá pan y alguna
rosca; ESPEJO detrás, a la puerta de su tienda
prendería, y mesita de aguardiente delante. Se verá la
cruz del Rastro como va señalada, y junto a ella estará
CARRETERO con prendas de hierro y algunas baratijas
por el suelo; el chico se paseará de aguador.

CORO   «Pues el sol placentero
            ya nos anuncia el día,
            para que cuantos lleguen
            nuestros afanes sirvan,
            comerciantes del Rastro,
            muy buenos días.

MAYORA   ¡Mis ricos panes
            (Sola.)
            llevad, galanes;
            vamos, mocitas,
            a mis rosquitas!

POLONIA   ¡Qué regalada,
            qué resalada.
            qué calentita
            que está mi ollita!
            (Esto en tono de pregón representando la

orquesta.)

JUANA   ¡A mis repollos!

NICOLASA   ¡Qué ricos bollos!

ESPEJO   ¡Al aguardiente!

CARRETERO ¡Al hierro viejo!

LADVENANA ¡Tocino añejo,
           lomo y salchichas!

CORO   ¡Comerciantes del Rastro,
           muy buenos días!».

(Salen, de compradores, mozos de asistencia, con tres o cuatro esportillos cada uno, CHINICA y CAMPANO, y CALLEJO, de librea, con capa correspondiente y esportillo grande, y detrás de él PEPITO, de asturiano recién venido, con los brazos cruzados y cantando el mismo aire.)

PEPE   «Pues ya *llegú* la hora
           de cultivar la viña,
           vusotrus con el *pesu,*
           nusotrus con la sisa,
           ¡*compañerus* del *Rastru,*
           muy buenos días!

TODOS   ¡Comerciantes del Rastro,
           muy buenos días!».

CHINICA   Adiós, *Turibio.*

CALLEJO   Adiós, Juan.

CHINICA   ¿Hállaste, por Dios, tan *vieju*

que necesitas pajuncio?

CALLEJO No, a fe mía, que aun me *atrevu*
a *llevantar* a *custilla*
en vilo el *palaciu nuevu*.

CHINICA ¿Es tu pariente el rapaz?

CALLEJO A *lu* cerca *u a lu llejus*
el pariente, sí es pariente;
peru comu ha *tantu tiempu*
ya que *faltu, non* sé en qué
gradus está el *parentescu*.
Ayer me le ha *remitidu*
en una carta *dun Tellu*
Gil, *nuestru beneficiadu*;
y dice que el *rapazuelu*
es cosa propria, y le envía
para que se vaya *haciendu*
hombre y persona a mi *ladu*.

CAMPANO Persona y hombre es lo *mesmu*.

CHINICA *Non* tal; dice bien *Turibio*,
que a veces en *muchus cientus*
de hombres no hay una *ducena*
de *presonas* de *provechu*.

CAMPANO ¡El diablo es este *Juanín*!

CALLEJO ¡Oh! Juan siempre fue *discretu*
y, si él se hubiera *apricado*,
ya tuviera por lo *menus*
algún beneficio *simpre*.

CHINICA Y ¿yo para que le *quieru*?
¿Puede haber un beneficio
más *simpre* que el que yo *tengu*

cun la compra y sin maldita
ubrigación? Yu non rezu,
non me *rompu la mullera*
en estudiar, *non confiesu,*
digo misa, *nin predicu,*
y *cobru* siempre que *quieru*
por mi *manu llas* primicias,
dejandu aparte *llus diezmus.*

CALLEJO   Dice bien.

CAMPANO Decir sí dice.

CALLEJO   *Pur* lo *propiu* te *encomiendu*
el rapaz.

CHINICA   *Llevanta el morru,*
hombre, que *nun* te le *vemus.*
¿Tienes madre?

PEPE   Sí.

CALLEJO   Señor
se dice, con gran *respetu,*
cuando son mayores en
edad, saber y *gubiernu.*

PEPE   *Siñor,* sí que *tengu* madre.

CHINICA   ¿Y padre?

PEPE   También le *tengu,*
según dicen, en la tierra;
mas yo *nun* le he visto el *pelu.*

CAMPANO Estará sirviendo fuera.

CHINICA   ¿Qué *añus* tienes?

PEPE   *Non* me *acuerdu;*

quien bien lo sabe es el cura
y púsolo en un *prucesu*
que traigo en el hato.

CHINICA   Bien.
A ver, hombre: da un paseo.

CALLEJO   *Nun* va mal.

CHINICA   La *pranta* es buena
y puede ser con el *tiempu,*
si se *aprica,* un buen *lacayu;*
pero es menester *primeiru*
que sepa *cumprar baratu*
y *caru,* ¿estás?

CALLEJO   Ya *lu entiendu;*
baratu para él y *caru*
para el *amu;* por *lu mesmu*
quiero que ande en pos de ti.

CHINICA   Yo a enseñarle bien me *atrevu*
y *doite al diabro, Turibiu,*
si malditu interés *quieru;*
¿pero cuánto me has de dar
cada mes?

CALLEJO   Nos *cumpundremus.*
¿Has *tumadu* el *chiculate?*

CHINICA   *Ainda non.*

CAMPANO   Aquí le hay *buenu.*

CALLEJO   Vaya, en amor y compaña.

ESPEJO   Y qué rico que le tengo
de Caracas.

CALLEJO   Juan, ¿qué quieres?

CHINICA   *Champurradu.*

ESPEJO   ¿Cuánto echo?

CALLEJO   *You pagu*, señor *Jusepe*;
            refresquen todos sin *miedu*.

**(Se ponen a beber juntos el rosolí; y sale por un lado
MERINO, de suizo, con calzones al brazo, un sombrero
sobre el suyo y cajas de botones, polvos, cabo de sebo,
etcétera; y por el otro, con un taleguito chico, de paje
muy peinado, CODINA, y de capa.)**

MERINO   *Alon de butones forte,*
            le cerrote pur el pelos
            del tupé, le bon chapó
            e le culot de pelleco.

CODINA   Deme usté un cuarteroncito
            de tocino que sea bueno,
            mitad magro, mitad gordo,
            y sin cortezas ni huesos,
            y despácheme prestito.

LADVENANA   Manolo, destroza un cerdo
            para dar dos pares de onzas
            de pringue a este caballero.

JUAN
MANUEL   Ahí va un cuarterón pesado.

CODINA   Éste es rancio y está puerco.

LADVENANA   Por *puerco* se vende.

CODINA   Si
            no le hay mejor, no le llevo.

LADVENANA Ni tampoco es menester,
           que con la mitad del sebo
           que trae en el tupé tiene
           para cocer un puchero
           con ocho libras de nabos
           y otras ocho de carnero.

CODINA   ¡Gentecilla!

JUANA   Comprador,
           venga usted acá, que yo tengo
           ricas coles.

CODINA   Yo no soy
           comprador.

LADVENANA ¿Qué estás diciendo,
           mujer? ¿No ves que es usía?

MERINO   *Vosté ¿quisierra* un sombrero
           a la gran moda?

CODINA   ¿Qué vale?

MERINO   Vale un *pese durro e medio.*

CODINA   Es grande.

MERINO   *E bien;* habrá *un otro*
           que le *truvará* pequeño.

(Sale MARIANA, y detrás EUSEBIO.)

MARIANA   Tía Pepa, salud y gracia.
           Venga una libra de fresco
           y otra de salchicha, digo...

LADVENANA ¿Pues para qué le tenemos
sino para las amigas?
Aunque sea atrevimiento,
parece que aquel usía
le viene a usté haciendo gestos.

MARIANA Sí, señora.

LADVENANA No es malo el frontis.

MARIANA Es tal cual; lo que yo siento
es que no me hable, verá
usted qué función tenemos.

LADVENANA Él allí está al esportillo.

MARIANA Póngome en forma y paseo...

EUSEBIO Buena mañana.

MARIANA A la ley.

EUSEBIO ¿No toma usté en este tiempo
café con leche?

MARIANA Mal mixto
hacen lo blanco y lo negro.

EUSEBIO ¿Y chocolate?

MARIANA Soy yo
muy ordinaria para eso.

EUSEBIO Pues, si usted quiere almorzar,
a bien que cerca tenemos
hostería y allí habrá
o perdices o conejos.

MARIANA ¿A usted le parece que
hago yo a pluma y a pelo?

EUSEBIO   Vaya: ¿manteca?

MARIANA   Me mancho.

EUSEBIO   Habrá masas...

MARIANA   Dan asiento.

EUSEBIO   Habrá chuletas.

MARIANA   ¡Chulada!

EUSEBIO   Y también habrá buñuelos
           de jeringuilla.

MARIANA   ¿Qué más
           jeringa que un majadero?

EUSEBIO   ¿Pues yo qué he de hacer? Ahora,
           si usted gusta de un puchero
           de callos, en confianza.
           Ya ve usted con el aseo
           que los tiene aquella moza.

MARIANA   Me da vergüenza comerlos
           en la calle.

EUSEBIO   Para todo
           en este mundo hay remedio;
           espéreme usted un poquito,
           que yo dispondré bien presto
           algún paraje decente
           donde vamos a comerlos.

MARIANA   Pues no me haga esperar mucho,
           que soy muy pronta de genio.

LADVENANA ¿Qué tal? ¿Pegó?

MARIANA   ¿A mí pegar?
           Es él muy poco sujeto.

EUSEBIO   A los pies de usted, señora.

POLONIA   ¿Dónde está, que no la veo,
esa señora?

EUSEBIO   A usted digo.

POLONIA   Adelante con el cuento.

EUSEBIO   Pues, hija...

POLONIA   Diga usted, padre.

EUSEBIO   Yo me hallo en un empeño
con una dama...

POLONIA   ¿Oye usted?
(Se levanta.)
¿Tengo yo edad ni pergeño
de desempeñar angustias
de damas y caballeros?
Pues yo sé que, si levanto
el cucharón, va, ya hirviendo,
a su cabeza un cuartillo
de caldo de fundamento.
(Se sienta.)

EUSEBIO   Oiga usted; lo que quisiera
es, porque a una dama tengo
convidada, que pusiese
usted la mesa allá dentro,
en una sala decente,
donde servir, con aseo
y tenedores de plata,
un plato de callos; esto
pagando lo que sea justo,
y encima... no reñiremos.

POLONIA ¿Usté ha visto esta fachada?

EUSEBIO Sí he visto, que no soy ciego.

POLONIA ¿Y es esto botillería?
Para tener aposentos
reservados, a la fonda.
Pero, por fin, más ha hecho
usté en pedir el favor
que yo haré en servirle. Pedro,
 (Se levanta.)
toma la capa y al punto
ve a buscar un tapicero
que venga a colgar el Rastro
de damascos y de espejos,
arañas y canapés;
que viene don Gerineldos
a comer callos con doña
Dulcinea, y vuelve presto,
que están en ayunas y es
el aire muy flatulento.

EUSEBIO ¡Eh! No haga burla.

POLONIA ¿Quién, yo?
¡Bonita soy yo para eso!

NICOLASA Dígale usté a esa señora
que, si gusta de buñuelos
con almíbar, a la vuelta
vivo yo y la serviremos.

EUSEBIO ¡Porquería!

NICOLASA ¿Porquería?

EUSEBIO ¡Que a mí me suceda esto!

JUANA   ¿Come esa señora nabos?

POLONIA   Ése sí que es buen *armuerzo*;
           dale nabos al usía.

EUSEBIO   Aquí no hay otro remedio
           que embozarme y esperar
           a la otra esquina el encuentro
           segunda vez.

(Salen SIMÓN, GALVÁN y CALLEJO, de soldados, con sacos y gorras; el primero con talego y los segundos con espuerta grande.)

SIMÓN   No hay oficio
           peor que el de los rancheros.
           Vamos a ver si hay cabezas
           y algún despojo, que luego
           volveremos por verdura.

POLONIA   ¡Ele! ¿Digo?

SIMÓN   Ya volvemos;
           deja buscar el condumio,
           que mientras van a cocerlo
           unos, otros cuidarán
           de no faltar a comerlo.
           (Vanse.)

CALLEJO   ¿Se debe *algu*, tío *Jusepe*?

ESPEJO   No, señores; buen provecho.

CHINICA   Sígueme, *muchachu*, y *vamus*
           pur lla carne *llo primeru*;
           ¿cuántas llevas tú a tu casa?

CALLEJO   Doce libras de buen *pesu*
           y el *amu* paga catorce;
           es verdad que ni un *dineiru*
           más le siso en todo el día.

CHINICA   Finalmente, tres *rialejus*
           y diez *maises*; ni es poco
           ni es *muchu*. Yo, amigo, *tengu*
           catorce casas de compra,
           que entre quien más y quien *menus*
           consumen cincuenta libras,
           sacu para mi *pucheiru*
           una de *tutal; repartu,*
           mala con *güena, y el huesu*
           hoy acá, mañana allá;
           y solamente *descuentu*
           tres onzas a cada casa
           o un cuarterón, y con *estu,*
           comprar el pan en la *praza*
           de nueve o de nueve y media,
           el *ochavu* de los *nabus,*
           dus cuartus en *lus cunejus,*
           medio real en los pichones,
           uno los días que *mercu*
           llas perdices y gallinas,
           capaduras de *lus sesus,*
           el *hígadu* y las verduras
           y el *cuartitu* de *lus huevus,*
           sin hacer agravio a nadie,
           subre pocu más *u menus,*
           va un hombre, gracias a Dios,
           juntandu cuatru cuartejus
           y *nun* cobra los salarios
           de *lus amus* hasta *luegu*

que va un hombre a ver *lla* tierra
y *lla* mujer con el *tiempu,*
a *facer* el matrimonio
y fundar un *heredeiru.*

CAMPANO *Nun sey cómu* lo *facéis,*
    ¡*doite al diabro* si yo *puedu,*
    cun doce casas que sirvo,
    sisar *máis* de *rial* y *media*
    al día y *lus* dos *cuartitus*
    del aguardiente que *almuerzu!*

CALLEJO *Esu* es *pocu.*

CHINICA Este *nun* sabe
    su oficio. *Vamus, Lurenzu.*

CALLEJO ¿Viste?

PEPE Sí, señor tíu.

CHINICA Pues cuenta con *aprenderlu,*
    que *dóite o diabru* la maula
    si encuentras *mijor mayestro.*

CALLEJO Oyes, cuenta que en tu vida
    has de hacer *tuertu u derechu*
    negociu que *non* te paguen.

PEPE *Esu* ya me *lu dijerun*
    en *lla* tierra.

CALLEJO Pues *cuidadu.*

CHINICA El rapaz, a fe, no es *lerdu.*
    (Vanse.)

ESPEJO Mientras entro yo a almorzar,
    cuídeme usted de este puesto,
    y perdone.

CARRETERO Bien; al fin
hoy de balde beberemos.

(Sale PONCE, **de majo.)**

PONCE   ¿Qué haces aquí de plantón?
           No estás tú aquí sin misterio.

EUSEBIO   No a fe; mira, Nicolás,
           qué moza de fundamento
           hay allí junto al cajón
           del tocino.

PONCE   Ya la veo;
           ¿y qué tal la tocinera?

EUSEBIO   Aire tiene.

PONCE   Fue algún tiempo
           mi ama, y la pobrecilla
           está rabiando de celos
           por esta mondonguerilla
           que me anda quitando el sueño
           ahora.

EUSEBIO   ¡Valiente púa!

PONCE   ¿Quieres que nos acerquemos?

EUSEBIO   Vamos; pero no por ella,
           sino porque allí estaremos
           a la par. ¡Fuego de Dios!:
           ¡qué gracia tiene y qué cuerpo
           la panaderilla!

PONCE   Cuenta,

y antes de hablarla te advierto
que la panadera es tuna
y más tuno el panadero.

EUSEBIO   Más tuno soy yo que entrambos.

PONCE   Andar y disimulemos.

(Se ponen PONCE **detrás de la** POLONIA **y** EUSEBIO
delante de la MAYORA, **y sale, de basquiña y mantilla
humilde, con su taleguito, la señora** IGNACIA, **y
tropieza con** MARIANA, **que habrá andado comprando
por allí y paseándose.)**

MARIANA   ¡Jesús, qué tarde te sacan,
mujer!

IGNACIA   A la hora que puedo,
amiga, y no es porque no
madrugo con el sol mesmo
a encender lumbre y a dar
a mi marido su almuerzo,
antes que vaya al trabajo.

MARIANA   Pues el mío se va en pelo
al amanecer y yo
me levanto cuando quiero
y cuando quiero entro y salgo.

IGNACIA   Pues yo ni salgo ni entro
sino cuando me es preciso,
como ahora, por aquello
que es necesario comprar
para el diario puchero.

MARIANA   Tu marido es albañil

muy usía y muy severo;
podía venir el mío
a andarme con regodeos
del almuercito temprano,
la olla diaria, el remiendo
en la ropa, la cenica
y todo muy a su tiempo.
Que lo gane, si lo quiere,
en otro mejor empleo;
que un jornal de cinco reales
no da para todo eso.

IGNACIA ¿No? ¿Pues cómo lo da en casa
y, gracias a Dios, tenemos
una cama en que dormir
y un vestido que ponernos?

MARIANA ¿Con el jornal?

IGNACIA Sí, con sólo
su jornal y mi gobierno
se hace el milagro.

MARIANA ¿Y a mí
te vienes con ese ejemplo?
¿No sabes que tu marido
y el mío son compañeros,
y con su jornal apenas
para tres días tenemos
que comer, muy poco y malo?
Y eso que yo me ingenio
tal cual y de aquí o de allí
siempre alguna cosa llevo;
que tú, como eres tan pava,
ni aun tienes maña para eso.

IGNACIA   Ni quiero tenerla.

MARIANA   Pues
           hacer con poco dinero
           lo que otras hacen con mucho
           es imposible, no siendo
           de tres modos.

IGNACIA   ¿De qué modos?

MARIANA   Yo te lo diré bien presto.
           Son: hacer moneda falsa,
           hurtar o tener cortejo.

IGNACIA   Cuatro son, y te has dejado
           el mejor en el tintero.

MARIANA   ¿Y cuál es?

IGNACIA   Buscar a Dios;
           que él es tan buen despensero
           de su pan, que cada día
           le da por un padrenuestro.
           Él te guarde.

EUSEBIO   ¿Qué? ¿Va usted
           picada?

IGNACIA   Pierda el recelo,
           que el modo de no picarse
           las cosas es tomar viento.
           (Vase.)

EUSEBIO   ¡Zape!

MARIANA   ¿Qué? ¿Tampoco pega?
           ¡Qué lástima que le tengo!

EUSEBIO   Pero ¿no da usted limosna?

MARIANA No; mas le daré un consejo:
¿sabe usted dónde es la puerta
de Foncarral?

EUSEBIO Bien me acuerdo,

MARIANA Pues allí, antes de salir,
encontrará el Saladero;
diga usted que le preparen...
y de aquí a un mes hablaremos.
(Vase.)

EUSEBIO Vuélvome a la panadera,
que es mejor que todo esto.

PONCE ¡Qué bravamente que huele!

POLONIA Mire usted que eso está puerco
y se manchará la capa.

PONCE Más que ella vale el consuelo
del olfato, ¡tales manos
lo guisaron y cocieron!

POLONIA Usted deje en paz los callos
y váyase a los torreznos.

PONCE Aquello acabó.

POLONIA Esto no,
ni tampoco empezaremos.

MAYORA ¿Quiere usted hacerme el favor
de quitarse de ahí en medio?

EUSEBIO ¿Estorbo?

MAYORA ¡Y mucho que estorba!

EUSEBIO ¿Es duro ese pan o tierno?

MAYORA   Duro y muy duro.

EUSEBIO   ¿Y a cómo
se vende?

MAYORA   No tiene precio,
ni se vende.

EUSEBIO   Pues, ¿qué hace
usted que no quita el puesto?

MAYORA   Aguardar a quien distinga
el pan blanco del moreno,
para servirle con él;
pero no para venderlo
a los que cuántos más panes
prueban están más hambrientos.
¡Salud y a un lado! ¡Muchachas,
al rico pan!

EUSEBIO   Con todo esto,
de aquí a un rato he de volver;
quizá correrá otro viento.

(Al entrarse sale la señora FIGUERAS, de suiza, con una maquinita de esas con un pajarito que sube el agua, etc., y se detiene EUSEBIO.)

FIGUERAS   *«Done furbe y mai constante,*
(Canta.)
imparate l'angelino,
que la sera e dil matino
non manca di laborar.
Tin, tin, tin; tan, tan.
Tin, tin, tin; tan, tan».

**(Dando con un hierrecillo en los vasos de
la maquinita.)**

EUSEBIO   Mejor es esto que todo.
¿Es canario o es jilguero?

FIGUERAS *Siñor, está un pajarito*
che a una voche de los cielos,
e il poverino ha un afano
per mañere chi é contento:
le volete?

EUSEBIO   No; si fuera
pájara, yo desde luego
le ajustara.

FIGUERAS O *che cativo*
gusto havete, cavaliero!
La femina no a la voce
piace vole, nel pensiero;
con pi, pi, pi, fa la presa
y poi dispare nel vento.

MERINO   *¿Vosté quierre polvos fino*
o de culot de pelleco
pur montar?

EUSEBIO   Yo sólo uso
de calzón de terciopelo.

MERINO   *Servitor.*

EUSEBIO   ¿Es vuestra esposa?

MERINO   ¡Oh, no, *siñor! Mi non* tengo
moquer: ellas son muy grandes
maletas y grande peso
por los *viaques* al soldado;
si quierre ser granadero

de mi compañía, *allon;*
ya la tomara bien presto,
mi capitán.

FIGUERAS O *parola*
pazza non fa mi comercio!
Si volete l'angelino,
prendalo per il suo prezo.

EUSEBIO ¿Cuánto vale con repisa
y todo?

FIGUERAS O! *Non intendo.*
Adío.

EUSEBIO *Sei maritata?*

FIGUERAS *Siñor,* sí; con un sargento
que ha un *bastone tanto groso*
per far tremar il suo aspeto.

EUSEBIO Ahora no está aquí.

FIGUERAS *Yo vado*
a cercarle por lo steso;
dicono del italiano:
tuto parola; ma vedo
spañoli piu locuachi
e piu fachendiste. Adeso.
(Se retira.)

EUSEBIO ¿Qué dice?

MERINO ¿*Osté* no lo entiende
o *osté* no quiere entenderlo?

EUSEBIO No lo he entendido, de veras.

MERINO Pues si *osté quierre* entenderlo,
vusté busque otro *interpréte.*

EUSEBIO   ¿Ha sido malo?

MERINO   Muy bueno;
           ell dis que *osté* habla mucho
           y tiene poco dinero.
           Servitor, monsieur. ¡Butones
           y cerrote pur el pelos!

EUSEBIO   Todos me burlan, y estoy
           divertido con todo eso.

(Salen CHINICA **y** PEPE.**)**

CHINICA   *Chicu, andas ves pur dos llibras*
           allí de *tucinu frescu,*
           ahí llevas una peseta;
           vale treinta *cuartus, luegu*
           han de volverte otros *cuatru.*
           ¿Entiéndeslo?

PEPE   Bien lo *entiendu.*

CHINICA   *Vamus* a *cumprar* verduras
           mientras *tanto.*

LADVENANA Caballero;
           (A PONCE.**)**
           en dejándole a usted libre
           esa moza, yo le tengo
           que decir una palabra.

POLONIA   Pues lleve el diantre su pelo
           de usted y el suyo; yo, ¿acaso
           soy la que aquí le entretengo?

LADVENANA Yo bien sé lo que me digo.

POLONIA   Para afeitar a los cerdos
           tengo yo mejores mozos.

PONCE   Poquito a poco con eso;
           que todavía hay quien chille
           si un hombre levanta el dedo.

POLONIA   ¡Tal será ella!

LADVENANA ¡Mejor que ella!
           (Llega.)
           Y si piensa que la tiemblo
           porque es su majo soldado,
           miente; porque ésta, a lo menos,
           no es ropa de munición.

POLONIA   ¿Sabe lo que está diciendo
           la envidiosa, mala lengua?
           Ya se ve que le requiero
           al soldado y me da gana
           de estimallo y de querello,
           que la que gusta de tropa
           tiene honrados pensamientos;
           y no como ella, que sólo
           trata con cuatro gatuelos.

LADVENANA ¡Poco a poco, y mire que
           si me enfado!...

(Vuelven a salir los soldados, y SIMÓN delante.)

SIMÓN   ¿Qué ha sido esto?

PONCE   Nada, cosas de mujeres.
           Mande usted, señor sargento.

(Se aparta.)

SIMÓN ¿Qué decía la señora?

POLONIA No necesitas saberlo;
que ya está bien respondida.

SIMÓN Pues, a vender a su puesto.

LADVENANA Por no dar que decir...

SIMÓN Vamos.
(A PONCE.**)**
¡Pícaro yo te prometo
que me la has de pagar!

PONCE ¡Sobre
que la callera me ha muerto!

POLONIA Tardecillo es.

SIMÓN No ha podido
hoy despacharse más presto,
y a las diez entro de guardia;
id comprando, compañeros,
lo que falta.

GALVÁN Este Julián
tiene fortuna en extremo:
come, galantea, casca
y encima le dan dinero.

POLONIA ¿Necesitas algo?

SIMÓN No.

POLONIA Dímelo, sin cumplimiento.

SIMÓN Entre soldados y mozas,
¿quién ha visto ese comercio?
Lo que es menester, que pases

esta tarde por el cuerpo
de guardia, para que alumbre
tu vista aquel hemisferio
y des consuelo a este triste;
que el día que no te veo
me descalicho.

POLONIA ¿De veras?

SIMÓN ¿Has visto tú algún requiebro
de soldado ser mentira?

POLONIA Sí; pero tienen un cierto
no sé qué, que se conoce
que mienten y los creemos.

SIMÓN ¿Conque irás?

POLONIA Iré a la hora
y daré cuatro paseos
(Hablan.)

SIMÓN ¡Que viva!

PEPE Aquí está el *tucinu*
y *llus cuatru cuartus vueltus.*

CHINICA Muy bien; y ¿qué es lo que aguardas?

PEPE *Llus siete cuartus y mediu*
que *sisei* de un cuarterón
en cada libra; *lu mesmu*
que dice que suele hacer
en *lla* carne mi *mayestru.*

CHINICA *Esu* se hace con *llus amus,*
mais non entre *compañeirus.*

PEPE *Vusté es* mi *amu pur* presente.

CHINICA   *¡Deshairéte, pur San Diegu,*
          llus morrus!

PEPE   ¡A mí, *tíu!*

NICOLASA ¡Deje al muchacho, gallego!

PEPE   ¡Oh, *mía* madre!

NICOLASA ¡Pobrecito!
          Ea, calla: toma un buñuelo.

PEPE   *Peru* ella, *¿cuántu* ha de darme
          pur tumarlo e mais cumerlu?

NICOLASA Una pedrada.

PEPE   ¡A mí, *tíu!*

(Sale CALLEJO**.)**

CALLEJO   *Muchachu, ¿qué* ha *sidu estu?*

CHINICA   Que ya sisa *máis* que *you.*

CALLEJO   ¡Oh, *subrinu verdadeiru*
          de tu *tíu,* tú serás
          la honra de nuestro *gremiu!*

CHINICA   Ahora *digu* que *non* es
          habilidad ni *talentu*
          en *nusotrus* el sisar,
          sino influjo del terreno.

CARRETERO ¡Ladrón!

ESPEJO   Más ladrón es él.

CARRETERO ¿Cómo? ¿Yo ladrón y vendo

cerraduras y candados
flamantes por hierro viejo?

ESPEJO   Porque los hurta de noche.

CARRETERO Él es quien roba y engaña
siempre con ropa de enfermos
contagiosos.

ESPEJO   Es mentira;
págueme cuartillo y medio
de rosolí que ha chiflado
y vuelva más de dos pesos
que había en el cajón.

CARRETERO Él miente.

SIMÓN   Poco a poco, ¿qué ha sido esto?

ESPEJO   Haberme robado mientras
se quedó guardando el puesto,
porque yo entraba a almorzar.

SIMÓN   Vuélvale usted su dinero.

CARRETERO Señor soldado, que miente.

ESPEJO   ¡Yo te diré a ver si miento!
Ténganle ustedes en tanto
que con el alcalde vuelvo.

PONCE   Poco a poco, que es más hombre
de bien que nadie el herrero.

CHINICA   ¿Nadie más hombre de bien
que el tío Jusepe? *Niegu.*

PONCE   ¡Si alzo la mano!

CHINICA   *Turibiu,*
ten ahí mientras *you* le estrello.

SIMÓN   ¿Qué va que agarro una cuerda
           y de reata los llevo
           al cuartel por *vagamundos*?

TODOS   ¿A quién? ¿A mí?

SIMÓN   A todos ellos,
           y si no, ¡amigos, al arma!

POLONIA   Déjalo, no alborotemos,
           que ellos se pondrán en paz.

SIMÓN   Agradezcan a tus ruegos.
           ¡Ea!: cuidado, y cada uno
           a cuidar vaya su puesto.

ESPEJO   **(Aparte a él.)**
           Mire usted, señor soldado,
           si usted quiere al rey y al reino
           hacer un grande servicio
           y formar un regimiento
           de los que aquí están de más
           y los que venden de menos,
           véngase usted disfrazado;
           yo se los iré diciendo.

SIMÓN   Otro día.

PONCE   No le crea;
           que es muy malo ese prendero.

CHINICA   Su mistela y aguardiente
           es bien pura, *pur lu menus*.

SIMÓN   Cada cual a su negocio,
           que todos vamos al nuestro;
           y pues no es posible dar
           mejor fin a este argumento

que cortarle, por cortado.
Cántese juguete nuevo.

TODOS   Y sustituyan sus voces
            más dulces sus instrumentos.